まえがき

これは、私の父の実家がある島根県・松江市を、本人を連れて訪れた際の記憶である。84歳と高齢になった父は認知症を患っていた。宿泊を伴う遠出は恐らく人生最後であろうと思われる。

本文写真　永田ゲンゴロウ

もくじ

前日譚

実家近くの川

依頼

ある日、東京・世田谷の実家で、私の父と姪（姉の子）との間でこんな会話があったと聞かされた。

「おじいちゃんが育った、松江ってどんな所？」

「いい所だから、こんど一緒に行こうねぇ」

私は、（実現見込みのない）大人の約束がとても苦手である。それは社交辞令とも言う。例えば、夜のスナックで酔った客が「こんど、ディズニーランドに連れて行ってあげるよ」（翌日には忘れている）と言ったことに対し、接客係が

「わーいありがとー、行く行く～♪」と返事（？）をするようなくだりである。実行するつもりがないなら誘わなければいいのにと、思う。

先の会話で言えば、父が旅行の手配をして姪を松江に連れて行くとは到底思えない。自ら旗を振って日程を調整し、旅券や宿を手配し、見所を案内する。結構大変だぞ？　老いた父が段取りを組むことが可能であろうか？　……いや、若い頃を含めて父のそんな姿を今まで一度も見た記憶はない。そもそも物見遊山にあまり興味がないのか、父はこれまでの旅程は宿泊も日帰りも、ほぼ他人任せであった。

反対に私はと言えば、自家用車で46都道府県と本土四極（稚内、根室、佐世保、南大隅）を回るくらいの旅好きである（なお、残りの沖縄は飛行機で訪問を果たした）。親子でも随分思考が異なるものである。

その数か月後。実家に帰ると、母から「松江行きの企画を立ててほしい」と頼まれた。姪の、大学の休みのスケジュールを合わせればなんとか行けるのではないかというのだ。想定メンバーは父、母、姉、私、姪の5人である。墓参りもしたいらしい。旅行好きの私としては面白くもあるが「大丈夫か？」という不安もあった。

松江の親戚に連絡をとり、墓参りの案内などで協力してもらうことになった。

父は生まれが東京ではあるが、幼少期に空襲を避けるための疎開で家族ごと松江に引っ越し、小学校～工業高校卒業までは松江で生活していた。もともと先祖代々は松江在住であるため疎開先に松江を選んだようだが、詳細は知らない。いずれにせよ、父の思い出の地であることは確かである。

準備と企画

出発地の東京と島根の間には相応の距離がある。行程は、日帰りは論外として1泊2日でも忙しすぎる。

2泊3日がちょうどいいと思った。それ以上の日程は費用、体力、スケジュール調整の面で厳しい。現地での滞在時間を最大にしようとすると、広域の移動手段は航空便の一択と思われた。現地での移動はレンタカーがいいだろう。観光ルートを効率的に回るために、出雲空港（ＪＡＬ）ではなく米子空港（ＡＮＡ）を選択することにした。

旗振り役である自分が、ＡＮＡのマイレージを貯めたかったことは内緒にしておこう。

問題は、宿である。メンバーは男性が２人。女性は３人。通常なら単に部屋を分ければいい話である。

ところが、この頃になると父は認知症によるひとり歩きなどの異常行動が見られるようになり、ほぼ常に見守りが必要な状況であった。

男女で部屋を分けた場合、１人（つまり私）のみの見守りでは、目を離したすきにどこかに行ってしまう可能性がある。それを防ぐためには1室に全員泊めてしまって交代で見守ったほうが合理的である。男女の問題は中で仕切れる部屋にすれば解決できる。また、温泉（共同浴場）に父が入ると湯を汚す心配があるため、部屋にも風呂（ユニットでよい）があることが必要だった。なお、館内レイアウトの把握や荷物の量を考えると、同じ宿に連泊が好ましい。値段は控えめが望ましいが、だからといって家族旅行であまりにも貧相な宿も嫌である。つまり、

・5人が1部屋に泊まることができ、できれば部屋が内部で仕切ることができる。

・部屋風呂（ユニットでよい）付きで、リーズナブルな価格設定。もちろん、大浴場（温泉）あり。

・2泊3日の空室がある。

実際探してみればわかるが、そんな都合のいい条件が揃った宿を見つけるのは容易ではない。いくつもの予約サイトを探し回り、頭が半分クラクラとしながらも玉造にある一つの宿を見つけることができた。

次の問題は、航空便の手配である。運賃は大人で概ね片道4万円ほどである。5人で往復となれば当然ながらその10倍の金額となる。早割という制度を使うとおおよそ半額くらいとなるが、早割はキャンセルや便変更ができない（※後述）。

さてどうするか。高校レベルの数学でいう「期待値」の考え方を用いれば、「問題なく搭乗できる確率」が50パーセント以上であれば早割の使用に意味があるといえる。その「確率」は努力によって変動させることができるものである——と思い、早割を使用することにした。のちにそれが相当なストレスになるとも知らずに。

資金調達

5人で東京から島根へ2泊3日、となると（私の金銭感覚では）まとまったお金が必要となる。

母と相談し、父が保有している投資信託を解約することにした。昔々、証券会社に勧められるまま購入した、損しているのか得しているのか一見では全くわからない金融商品である。父、母、私の3人で窓口を訪問し、解約のサインをしてもらった。このままずるずると保有して、父の体調が悪化し手続きが面倒になっても困るのでいいタイミングだったのかもしれない。

変化

ある日、母から携帯電話にメッセージが届いた。

〈お父さん、旅行は無理です〉

どうも、認知症に伴う深夜の異常行動が悪化したらしい。わけのわからないことを言って家から出かけて戻れなくなり地元警察のお世話になることも増え始めた。朝3時に隣町の警察署までお迎えに行った時の父の平然とした顔の何と腹立たしかったことか。

何度かの打ち合わせののち、父の面倒で疲労の溜まった母には家でゆっくりと休んでもらうこととし（要するに不参加）、松江へは残りの3人（私、姉、姪）

で父を連れて行くことになった。

PCR検査

この頃、世間は新型コロナウイルスの話題で持ち切りであった。毎日のニュースはまずは新規感染者や死亡者数を報道していた。毎日パソコンで島根のことを検索しているせいか、松江保健所管内のコロナ感染者数が増大している報道も入ってくる。折しも、水郷祭という宍道湖《しんじこ》（全国で7番目に大きい湖）で行われる湖上花火大会が数年ぶりにあり、そのせいでコロナ患者が増えたというネット上の書き込みも目に付いた。それが真実かどうかは知る由がないが、高齢者介護施設などで集団感染が発生しているのは事実のようだ。本来、このような状況下では旅行を中止もしくは延期をするのが賢明な判断だったであろう。しかしながら、諸般の事情を考えると次の機会はほぼないと考えられる。幸いに近所の役場前でＰＣＲ検査が無料で受けられることがわかり、感染症が陰性であることを免罪符（？）に、計画を続行することにした。

問題は父のＰＣＲ検査である。父は耳が遠くて理解力も低下していることから会話がなかなか嚙み合わない。理解した（？）話の中身も1分後には忘れている。推測だが、ＰＣＲ検査の担当者は認知症患者の扱いなどわからないという前提で準備を進めるほうがいいだろう。

ある日、私は一人で検査場に出向き、ＰＣＲ検査を受けて流れを確認した……作戦は、できた。

翌日、参加者全員を役場前のテントに車で連れて行った。テント前で、私以外は検査の受付を行った。

私は「老父の付き添い」という名目で検査室に一緒に入る。唾液検査は、検査棒（?）を3分間、舌の下につけておくことが必要である。もちろんそんな手順を父に覚えさせるのは不可能なので、あらかじめ用意していたクリップボードにA4の紙を貼り「3分間うごかない」など太マジックで書いて目の前に提示、という手法を用いた。これは当時の東京都知事の通称「フリップ芸」にヒントを得たものである。

一眼レフカメラ

以前より、姪にデジタル一眼レフカメラ（SONY製α200）を貸し出す約束をしていた。使ってみたいと言われていたからである。旅行の打ち合わせの際に初めて一眼レフを持った姪の一言目は「自撮りって、どうやるの？」であった。残念ながら、フィルム世代のカメラのデザインを引き継ぐ同機に自撮りの概念はない。カメラを三脚にセットしてセルフタイマーのモードにし、シャッターボタンを押したら急いで皆のところに駆け込んで一緒に写る……という手順が昭和世代の集合写真の王道である。ここはZ世代とのギャップを感じる一幕であった。

出発前夜

羽田空港へは自家用車で向かうことにしていた。5人（結果的には4人）が公共交通機関で向かうのと空港駐車場に自家用車を2泊させることの費用差はさほどない。そんなことより、大荷物を持ちつつ父を連れて複数の公共交通機関の乗り換えをこなすことは労力がかかる上に危険である。

出発の前夜、私は父・母のいる実家に泊まることにした。翌朝は支度を済ませ、姉と姪が集合できれば出発という算段である。父に夜中に起きられても困るので、夕飯では珍しく酒を一緒に呑んだ。

これは、日本神話においてスサノオノミコトがヤマタノオロチに八塩折之酒《やしおりのさけ》を呑ませて寝かしつけることに発想を得たものである。なお、この神話の舞台となった八重垣神社は今回の目的地、松江市に位置している。夕飯と風呂を済ませ、寝床についた。

ところが、だ。深夜に、家の玄関ドア開閉に伴うチャイム音で目が覚める。父のひとり歩き対策で、実家は玄関ドアを開けるとワイヤレス機器からチャイムが鳴り響くようになっている。……八塩折之酒作戦は失敗だった。のちに知ったことだが、酒というものは、アルコールによる催眠作用と、それが分解され生成されたアルデヒドによる覚醒作用が存在するらしい。つまり、呑んだ直後は眠くなるが一定時間後には覚醒作用が働き、どちらが勝つかは個体や状況によって異なるそうである。よく、明け方まで酒を飲んでいるオッサンがいるがそのせいだったのか、と思う。

何かが覚醒したのか、父は家の付近をうろうろしている。どうしたのかと尋ねると

「松江工業（※父の出身高校）の連中が、これから来るんだよ」と言っている。もちろんそんなわけはない。完全な妄想である。いや、お亡くなりになっていておかしくない年齢の方が朝3時に来るって？？

しばらく、父は誰もいない遠くへ向かって皇族のような手の振り方をしたのち「皆、もう帰って行ったみたいだ」と言って家に戻って行った。落ち着かないが、私は寝た。明日は長丁場になるはずである。

1日目

羽田空港のANA機

出発

朝食中、父は不機嫌であった。これから松江に行くと言っても意味がわかっていない様子だ。

突然、「弟が警察に捕まった。これからパトカーが家に来る」と意味不明なことを言い始めた。認知症の症状、妄想・幻聴・幻覚である。家の電話機の受話器を上げ、操作を始める。たしなめると本気で怒り出す始末だ。いや困ったな。

そんな折、姉と姪が到着した。「これから、飛行機で松江に行くんだよ」と説明されると、「飛行機どころではないんだよ。これから警察が来るんだよ」と怒りながら言い張っている。

車で一緒に警察署に向かうということにして父をなんとか車に押し込み、羽田空港に向かった。

余裕をもったスケジュールのはずが、家を出発した時刻は1時間近く遅れていた。

羽田空港ロビー

折しも激しい雨の渋滞の中、時間ぎりぎりではあるが羽田空港にたどり着いた。

飛行機に間に合わなければおおよそ8万円が吹っ飛び、次の便は通常チケットでその倍を支払うことになる。

駐車場建屋のエレベーターの中、急いでスマートフォンでチェックインを済ませる。

ロビーを移動していると、「ANA…米子行き…383便…ご搭乗のナガタ・ゲンゴロウ様、まもなく搭乗手続きが……」というアナウンスが聞こえてきた。

個人情報もへったくれもなくフルネームが全館放送されるのは「もうすぐ乗り遅れです」を意図した最終宣告である。大体、私は飛行機の手続きが時間ぎりぎりなのは毎度のことで、以前の仕事の出張の際に「〇〇便ご搭乗のお客様、ただいまご案内中です……」と無線機を持った空港係員を何度かロビー内を並走させてしまった記憶がある（いい迷惑でしかない。ごめんなさい）。

今回は、近くにいた係員に自分の名前を申し出ると、どこのゲートでもいいので5分以内に保安検査を済ませろ、ということであった。

保安検査の入場は、従来は紙のチケットであったが近年はスマホにQRコードを表示させる手続きである。

が、なぜかなかなかQRコードが表示されない。「あと2分です」と係員にせかされる。わかっとるがな。

「おじさん、Wi-Fiを切って!」と、姪の手が横から出てきて操作される。

どうも私のスマホは空港のフリーWi-Fiを掴んでいて、それが読み込みを遅くしていた原因らしい。4G回線では素直にQRコードが表示された。私も昔はIT会社に勤めていたはずなのだが、そんなことに気が付かないようだと歳はとりたくないものだな、と思う。QRコードはこの先でも使うから画面コピーで先に参加者に配っておいてくれと係員に言われた。保安検査は我々のために複数の係員により優先ゲートが開けられ、先客をパスさせてもらった。

羽田空港はメジャーでない路線は搭乗する機体まで連絡バスで移動する仕組みである。今回の米子行きもそれに該当する。保安検査場からバス乗り場へは徒歩で結構な距離があり、時間がかかる。不安になりながらもバス乗り場まで移動する。私が先行し、バス搭乗ゲートの係員に「すみません、米子便へ向かうバスは……」と伺った。係員は困ったように「いえ、まだ……」と答える。意味も状況もわからない。

ふと、頭上の電光掲示板を見上げる。全ての便の情報欄に「Delay」（遅延）とだけ表示されている。

なんと、羽田空港付近の雷雨のため、全ての便の離着陸が延期となっていたのだ。

結果的に、我々は連絡バスならびに飛行機に間に合った。ひと安心して、付近のベンチに腰をかける。

もうちょっと早くフライトの遅延が決定されていれば、こんなにハラハラしなくて済んだはずである。

フライトは雷雨が過ぎるまで待ち、結局1時間ほど遅れての出発となった。

空港ロビーのお店でお土産を購入したがっていた姉はこの時間を少々残念がっていた。保安検査後はロビーに戻ることはできないのである。待ち時間のあいだにQRコードを配布したり、米子空港のレンタカー会社に遅延の電話連絡をしたりして暇をつぶした（厳密に言えば、空港のレンタカー会社は予約時に搭乗便を申し出ていれば便遅延の連絡はしなくてもいいらしいが一応……といったところである）。

米子空港

羽田から米子空港への離陸後の移動時間は約1時間ほどである。今時、実用で考えたら「新幹線で東京から岡山に向かい、伯備《はくび》線で米子へ」は少々苦痛である（おおよそ6時間ほどかかる）。

米子空港は、滑走路が1本の小さな空港である。芝生に大型の猛禽類……ワシかタカかはわからない※が、つがいでくつろいでいる。航空機のジェットエンジンに吸い込まれませんように、と思う。お互いのために。

空港のレンタカー会社で借り受けの手続きを行う。あてがわれたのは日産セレナ（C27型）ハイウェイスター、当時の最新型である。デジタルインナーミラー、電動パーキングブレーキなど最新装備の説明を受ける。

それはそうと、係員はなんとも可愛らしいお嬢さんであった。自分は若いころにレンタカー会社でアルバイトをしていたが、女性職員といえば暴走族あがりの元ヤンキーしかいなかった。あの時代とは隔世の感がある。

C27型セレナ

※後に調べたところ、ワシとタカは同じタカ目タカ科の鳥

の仲間だが、大きいほうをワシ、小さいほうをタカとして区別しているだけらしい。

べたふみ坂

米子からは、大根島《だいこんしま》を経由して松江に向かうことにしていた。その間に、「江島大橋」という橋がある。「天空に伸びる（ように見える）橋」としてインスタグラムなどで有名らしい。自動車のCMで使われて一気に有名になったとか。私も大いに期待していた。同行者にも説明していた……が、通ってみ

予定ではこのような情景を目にするはずだった（撮影：ヒロタカ05）

るとあまり大したことがない。ただの上り坂である。後日確認したところ、鳥取側の勾配はさほどではなく、島根側からの坂が急勾配で「天空に伸びる」光景は大根島から望遠レンズを使用して撮影するものらしい。この点、旅行に不参加だった妻には「ほら、ちゃんと調べてから行けばいいのに」と散々言われている。

八雲庵へ

車で、松江への道をひた走る。途中「だんだん道路」という看板が目にとまる。「だんだん」がこの地域の方言であることは記憶しているが、意味は失念していた。過去にＮＨＫの朝ドラのタイトルにもなっていたと思う。運転中の私は、姪に「だんだん」がどういう意味か父に聞くように依頼した。

割子そばを楽しむ父

八雲庵の中庭の池には黄金色の鯉がたくさん

「おじいちゃん、『だんだん』ってどういう意味？？」と姪は父に聞いた。「だんだんはね、ありがとう、という意味だったかな」と答えがあった。父の意識は、だんだんと松江にたどり着いたようである。

ほどなくして、松江市街の駐車場に到着した。本来なら松江城か小泉八雲旧居（ヘルン旧居）も見学したいところだが、飛行機の遅れによりそれは叶わず、昼食予定の「八雲庵」（蕎麦屋）に直行した。出雲地方には、蕎麦を丸い器（割子）を重ねて提供する「割子そば」という独特の食べ方がある。少なくとも、山陰デビュー（？）の姪はその食習慣を知らないはずである。せっかくなので風習はいろいろと経験してほしい。八雲庵は民家風の建屋や鯉の池があり、趣がある店である。もちろんここでは「割子そば」を４人分注文した（なお、後日ネット上の記事で「八雲庵は鴨南蛮がおすすめ」と書かれているのを目にし、気になっている今日この頃である）。

父の実家

八雲庵の近くに、父の実家がある。前述の通り戦時の疎開により移り住んだものだが、後日いろいろと判明したことを含めて記載したい。大東亜戦争当初、一家は東京都中野区に居を構えていた。しかし周知のとおり1942年頃から東京でも米軍機による空襲が始まった。当時父は小学生であったが、その頃の記憶を振り返り「街に兵隊さんが来て、燃えている焼夷弾の中身を手に持ちてば大して熱くないのだ。焼夷弾など恐れるに足りず。逃げずに消火せよ』『下側を持カバカしいことを言っていたなぁ、バケツリレーもやらされたなぁ」と（まだ元気な頃に）思い出を語っていたことがある。この件に関しては中野区ホームページ内「戦争の記録」でもそのような記録が確認できる。

戦況が悪化する中、一家は地縁がある松江市に疎開した。しかし戦時の混乱は松江市も例外ではない（山陰と戦争については追記にて後述）。祖父が海軍・下関防備隊に徴兵されて不在である中、祖母は苦難の連続であった。食糧難で5人の子供を食べさせるため、自分の着物と引き換えにお米を分けてもらうべく十数キロの道のりを息子の手を引き、娘をおんぶして郊外の農家へ買い出しに向かう日々であった。生活は苦しく、「宍道湖に架かる大橋から身を投げようかと思った」と祖母が語っていたとも伝えられている。なお、当時の食事の内容としては、すいとん（小麦粉のだんごを実にした汁）、サツマイモのつるなどがあったようである。

下関防備隊の任務は、関門海峡においてB29から投下された機雷の除去や敵潜水艦への対抗であったようだが、祖父が実際にどのような職務だったかは把握できていない。

その実家へは、小学生時代に父に連れられて訪問したのが一番古い記憶である。その後は、

1988年（中学3年生）の時、鉄道による一人旅で訪問。

2001年（社会人）祖父の法事で訪問。

2002年、自分の車で一人旅をした際に訪問。

……それと、成人後に仕事で松江に出張した際に立ち寄ったぐらいか。

幼少期（3～4歳か？）に家族5人で行ったこともあるそうだが、当然私には記憶が全くない。


中学3年の訪問の時、祖父は元気だった。路線バスで日御碕《ひのみさき》に連れて行ってもらったと記憶している。日御碕の食堂で、私は出雲そばを注文した。この地域にはなかなか来られないので、中学生ながらに名物を食べたいと思ったからである。祖父はカレーライスを注文した。嫌な予感があり、それは的中した。給仕のオバさんは何も聞かずに祖父の前に出雲そば、私の前にカレーライスを置いた。祖父と私は笑いながら器を交換した。

なお、この時の松江訪問は「青春18きっぷ」という、JR全線1日乗り放題、ただし普通列車しか乗れないという切符を使っての行程であった。本人なりに普通夜行列車（通称・大垣夜行）を組み合わせるなどして頭を使った冒険だった。

しかし、祖父にその話を自慢げにしたところ「次回はまともな切符で来い」と一蹴されてしまった。

なけなしの小遣いで頑張ってたどり着いた中学生にそんなこと言わなくても、と今でも思う。

残念ながらそれが祖父とまともに会話をした最後の言葉となっている。

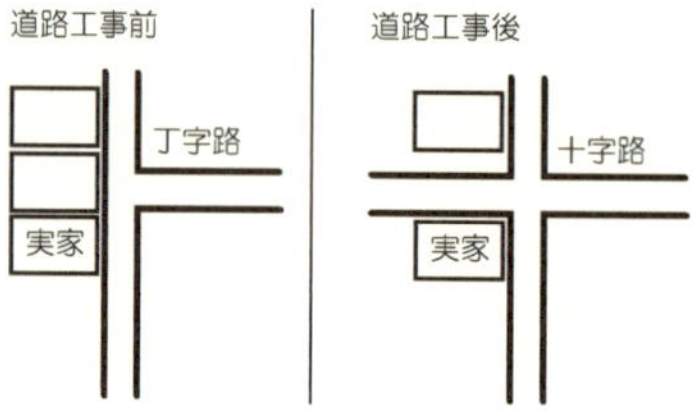

道路工事前後の実家の位置関係

今回の訪問も親戚が温かく迎えてくれた。父と叔母の久々の面会である。父の意識もすこし活性化されたのか、昔話に花が咲いた。「でも、天井こんなだったかなぁ～？？」と父が言っていた。紛れもない実家だが。そんな中、蕎麦屋から駐車場に荷物を取りに向かい、後で実家に合流するはずだった姉がなかなか来ない。変だと思って電話をかけるとどうやら道に迷ったらしい。「以前来たときは、道の途中に家があったと思った」。その記憶は間違いではない。確かに昔は丁字路の側に家があったのだが、以降の工事で道路が延長されて十字路になったため、今では角地に建っている。

「ところで、お墓参りはどちらに行きたいのですか」と叔母に聞かれた。お墓が2か所にあるとは初耳だった。そういえば、前回私が法事で訪問した墓の記憶と、父母が法事で訪問した墓の記念写真の光景が異なっていることに気が付いた……が、前提となる知識がないのでどちらに行くのがいいのかわからない。ここは従姉妹に「両方」の道案内を依頼することにした。

松江市公園墓地

松江市から内陸側、山の中腹にその墓地はある。なかなか広大な墓地である。以前は松江城の天守が見えたようだが、樹木の成長によりそれはかなわなくなっている。この墓地に、祖父と祖母が眠っているらしい。市営墓地に向かう道中は強めの雨であったが、たどり着いた時には傘が不要な程度になっていた。我々の訪問を歓迎して頂けたのであろうか。花と水をたむけ、手を合わせる。ところで、墓の前で記念写真を撮るかどうかである。ここで謎の影とか写ってもなぁ……。

ここは相談の上、高齢の父だけを写すことにした。何かが一緒に写ってもさほど問題なかろうという判断である。墓の前で「写真を撮るよ」と言ったところ、なぜか父はウ○コ座りをした。工業高校譲りのヤンキー座りなのだろうか。

公園墓地にて

象田寺

象田寺

島根半島に沿って、国道431号線を東に向かう。左手に、見覚えのある寺がある。前回（おおよそ20年前）にいとこたちと訪問したのはここらしい。我々の先祖の墓所となっている。

墓へ行くには坂を上ることになるが、折しも雨上がりで足元が悪いため堂で手を合わせるだけにした。

弁慶の里

帰り道の途中、道の駅で少し休憩した。道の駅の名は「弁慶の里　道の駅本庄」。のちに調べたところ、武蔵坊弁慶が生まれた土地という説があるらしい。松江が弁慶にゆかりがあることは今回の旅行直前になって知ったことであるが、細かなことまでは把握していなかった。弁慶の伝説はたくさんあるようだが、その一つに、「弁慶が岩を蹴ったら、岩が宍道湖の対岸

「弁慶の里」施設前にあるモニュメント

まで飛んで行った」というものがある（弁慶岩というパワースポットになっているらしい）。ちなみに、宍道湖の対岸までの距離がおおよそ7キロメートルとすると初速度は毎時９００キロメートル（マッハ０・７）、プロサッカー選手のシュート速度のおおよそ7倍が必要である。いくら弁慶でも岩をその速度で蹴り出せるとは思えず、「話を盛る」という行為は今も昔も変わらないのだと思う。

そんな弁慶の里を後にし、国道４３１号線を西に向かう。途中、見慣れない雰囲気の大きなスーパーマーケットが目に付いた。建物に「Mishimaya」のロゴがある。助手席の従姉に尋ねたところ、みしまやというチェーン店であるらしい。気にはなったが、帰路を急ぐことにした。

松江城（通過）

そろそろ宿に向かわなくてはならない時間である。松江城を散策したかったところであるが、残念ながら車窓から眺めるだけとなった。松江城は山陰地方で唯一の現存天守である。現存天守というのは江戸時代またはそれ以前に建てられた城の天守のことで、全国に12城しか残っていない。城は大変美しく、国宝にも指定されている。関ヶ原の合戦後に築城されたもので、恐らく大きな戦争は経験していないが、その割に怪異の話が散見される。松江の士族の娘と結婚して市内に居を構えていた小泉八雲の影響があるのかはわからない。気になる方は「松江城怪談」というキーワードで検索してみることをお勧めする。

父が以前語っていたものに「馬場池（恐らく現在の名称は馬洗池）の周りを、息を止めて1周走るとオバケが出る」というものがある。なお、ネット上の情報では息を止めて3周、とあった。写真で見る限り、馬洗池の外周は結構長そうで、息を止めて3周も走ったらもれなく自分自身が黄泉の国に行けそうである（なお、父による説明は詳細部分が聞くたびに異なる）。

玉造温泉

実家近くへ従姉妹を送った後、宿泊地である玉造温泉に向かった。宍道湖の南東側にある、由緒正しい温泉街である。玉造は「瑪瑙《めのう》」という鉱石、特に貴重な青瑪瑙《あおめのう》が採れたことから、古くより勾玉《まがたま》の生産地となっている。天皇家にある

「三種の神器」のうちの一つもここで作られたらしい。古事記に記された古代の話であるが、スサノオノミコトがヤマタノオロチを倒した際に、玉造の尊から贈られたとされている。ただしその箱は1000年以上も開けられていないそうだ。

予約していた宿は「玉井別館」という大きめの温泉旅館である。広めで清潔感のあるロビーは好印象。お気に入りの柄の浴衣を選んで借りることもでき、女性陣には大変好評だった。部屋は奥の洋間にベッドが二つ、仕切りがあって和室側に布団を敷くことができる。洋間を男性陣、和室を女性陣とした。父の見守りという点では、父に一番奥に寝てもらうのが最適であろう。

ところで、父が粗相でベッドを汚してしまわないか……という心配がある。そのため介護シーツを腰のあたりにセットする必要があるが、腰の場所を特定するために、体格の似ている私がまずベッドに寝ることにした。ベッドに横になった状態で姉と姪に介護シーツをセットしてもらうのだが、こう見下ろされるのは、なんだか恥ずかしいことこの上ないという感覚であった。

夕食を済ませ、叔母と従弟の到着を待った。しばらくロビーにある応接を使用させてもらう。最近、東京にある資料を基に家系図を編纂しているのだが、叔母に松江の実家にある様々な資料を持ってきてもらったのだ。興味深い資料がたくさんあった。それによると、父の出生は東京都淀橋区《よどばし》であったらしい。姪が「ヨドバシって、カメラ屋しか知らない」と言っていたが、いわゆるヨドバシカメラは東京都新宿区（旧淀橋区）が本拠地で、今の新宿区の西部には淀橋浄水場というものがあったことも説明しておいた。楽しい談話は、瞬く間に数時間が経ちお開きとなった。

別れ際、叔母から「後でお土産送っておきます」と言われた。いえいえ、お気を使わずに……と返事をしたものの、内心は楽しみであった。

玉井別館の室内と、
窓からの眺め

資料確認中

2日目

宍道湖沿いの道と一畑電鉄の線路
(フォーゲルパーク展望台から撮影)

足湯

朝食を済ませた後、宿の軒先をのぞくと足湯があった。足湯の底には瑪瑙が敷き詰められていてなかなか豪華な雰囲気で気持ちがいい。しかし、宿の建屋から足湯へアクセスするための敷地には足つぼ用の丸石があり、かなり痛い。足つぼの丸石というものは、血行

宿の足湯

促進には良いのかもしれないが、それ以前に悶絶してしまいそうな威力である。

宍道湖から旧大社駅

この日は、午前中は出雲大社に向かうことになっていた。宍道湖を右手に見ながら、国道9号を西に向かう。父に昔話をさせるチャンスである。

「昔、宍道湖をマラソンで1周走ったって言っていたよね」と話を振る。

「そうだねぇ、学生の頃は体育の授業で、おにぎりを2つぐらい持たされて1周回ったよ」という返事だった。そんな食料で大丈夫か？　と思って後で調べたところ、宍道湖の外周は45キロほどあるらしい。フルマラソンよりも長い距離である。そんな健脚な学生がたくさんいたのか……とも思ったが、どうやらタイムアウトすると後続のトラックでピックアップされる仕組みが取り入れられていたらしい。

　そんな宍道湖を離れ、車は出雲市外へ向かった。個人的な趣味であるが、すでに廃線となったJR大社線の線路の跡地を経由して向かいたかった。一般的に、鉄道の線路の遺構は「同じ幅の道路が延々と続く」「曲がりや傾斜が緩い」「たま

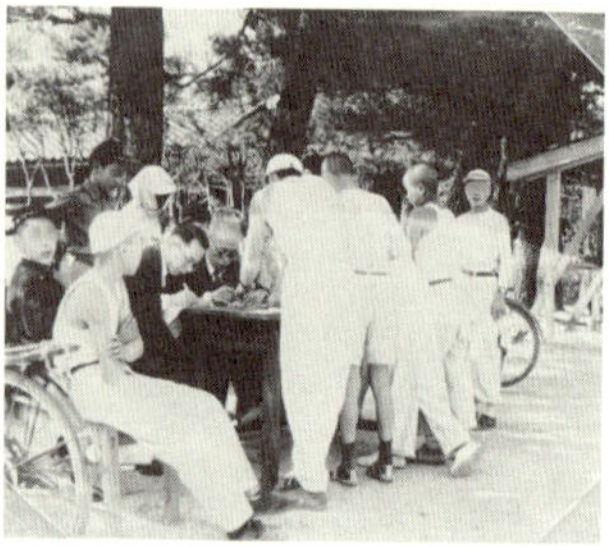

昭和28年5月、宍道湖マラソン本部にて
写真中央の半ズボンが父（高1）

国土地理院・1989/04/21の航空写真を一部加工。線路は大社駅から斜め右下（出雲市駅方向）に伸びている

に、駅のホーム跡などが残る」などの特徴がある。ＮＨＫの某番組であれば、「この路は怪しいねぇ」とタモリが指をさすような場所である。

誰かのブログを読んだ記憶を頼りに、カーナビゲーションをセットした。多少の差はあれど、イメージ通りの道を通ることはできた。そして、大社駅跡にたどり着いた。出雲大社に向かう鉄道は、以前は一畑《いちばた》電鉄とＪＲがあったが、ＪＲ大社線は平成２年に廃線となっている。大赤字の旧国鉄が分割・民営化され、ＪＲに組織替えされてわずか３年後のことであった……と考えると、国鉄大社線といったほうがしっくりくるのは自分自身が昭和生まれだからだと思う。地元の鉄道会社とＪＲ（旧国鉄）が並走する場合、地元の鉄道会社のほうがよい場所に駅を構え、ＪＲが不利な場所になっているのはよくある話である。昔の時刻表を確認する限り、大社線は出雲市、出雲高松、荒茅《あらかや》、大社の4駅で12分ほどの行程、最終期は1時間に1本程度の運行だったらしい。

ちなみに実家の直系で、いわゆる鉄道好きは私だけである。旧大社駅舎は、車を降りて一人で素早く写真を撮って……というつもりであったが、どうせならとほかの3人も降りてきた。改装中の駅舎前で記念写真を撮った。駅舎から脇に向かうと、もう使われることもないホームへ入ることができた。

レールの上に、D51型蒸気機関車が鎮座していた。静態保存というものである。静態保存には状況が2通りあり、雨ざらしで放置されて鉄くず同然に朽ち果てているものと、きちんとピカピカに手入れされて今にも動きそうなものがある。幸い、このD51は後者のものであった。地元の有志と生徒たちによって塗装などが行われているそうである。D51は通称「デゴイチ」と呼ばれ、昭和初期～中期にかけて国鉄の主力機関車として各地で貨物列車をけん引し、戦後の復興にも尽力した車輌である。

運転台にそれぞれが座り、記念写真を撮る。「デゴイチは……乗ったことがあったかなぁ」と父が言う。機関車に乗れるのは、普通は運転手と助手（機関士）だけだよ、と心の中でつぶやく。乗客が乗るのは、機関車にひっぱられた客車だからね……とか私が説明を始めたら、ただの面倒臭い奴である。いや、すでにそうか。

旧大社駅のD51

D51運転席にて

出雲大社

なぜか皆に高評価だった大社駅を後にして、出雲大社に向かう。この社が縁結びで有名であることは、もはや説明不要であろう。「神社仏閣めぐり」というとジジ臭い趣味とされるが、流行語である「パワースポットめぐり」とどう違うのかが私は未だに理解ができていない。

ところで、出雲大社建立のいきさつについて、以下に私なりの解釈を述べる。

その昔、天照大御神（アマテラスオオミカミ、以下 天照）が、大国主命（オオクニヌシ、以下 大国主）に対して出雲一帯の地を譲るように言い、その引き換えとして建立されたのが出雲大社（当時の名前は杵築《きづき》大社）とされている。いわゆる国譲り神話である。歴史の見方によっては、天照は現在でいう三重県あたりを治めていたらしい。また、大国主は古事記においては須佐之男命（スサノオノミコト　以下スサノオ）の息子とされている。スサノオは天照の弟だから、天照と大国主はおばさんと甥の関係となる。

……つまりだ、中部地方を治めるおばさんが「その土地よこせ」と山陰地方を治める甥に言い、「それなら神殿つくれ」という返事に、高さ（推定）48メートルもの本殿を建立して応えてやった、と考えることができる。現代のマンション換算でおおよそ15階ぐらいの高さである。いやはや、事実であればスケールの大きい内輪揉めだと思う。

そんなひねくれた解釈は別にして、何度訪れてもさわやかな参道である。前回の訪問の際より、兎のモチーフが増えた気がする。それを見ていたら、昔訪れた鳥取の白兎神社を思い出した。白兎神社の前は見事な海岸で、波間に見える岩場は確かにワニの背中にも見えた。しかし日本に野生のワニが本来いるはずもなく、神話でいうワニはサメのことを指すという説が有力であるらしい。神話の原作者がどちらをイメージしたものなのか、興味深い所である。

因幡の白兎といえば、「まんが日本昔ばなし」というテレビ番組が思い出される。「坊や　よい子だ　ねんねしな」の主題歌が有名であったが、私の中では中学時代にM崎という同学級の女子生徒が品のない替え歌を大喜びで歌っていたのが記憶に残っている。この旅行記の品格が下がるので記載は差し控えるが、都市伝説級に有名な替え歌らしいので気になる場合はネット検索により確認可能である。

出雲大社の社殿の参拝の後、売店でお守りをいくつか購入した。売店から少し離れた場所で「これは実家用、これは、〇〇へのお土産用……」と振り分けていると、父が、いない。辺りを探すと、父は再びお守りを売る巫女さんの前にいた。今さっきお守りの購入は済んでいるのだが、もう買ったことを忘れているようである。慌てて止めに行った。

時間があれば島根県立古代出雲歴史博物館にも寄りたかったが、時計を見るとそろそろ移動を開始しなければならない時刻だった。参道前のお土産屋に寄り、妻に依頼されたお土産のうちの一つ「若草」を購入した。松江藩7代藩主松平治郷（不昧公）によって考案された銘菓である。不昧は「ふまい」と読む。似た漢字の「まずい」ではないので要注意である。

車に乗り込み、次の目的地へ向かった。

シャトー弥山《みせん》／島根ワイナリー

出雲大社から車でおおよそ10分ほどの場所に、島根のぶどうを用いたワインの醸造所（ワイナリー）がある。その敷地の中に、シャトー弥山という屋内バーベキュー場がある。ここで昼食をとる算段である。

なお、「屋内のバーベキュー場」と「焼き肉屋」がどう違うのか私にはわからない。卓の大きさの違いだろうか。

注文は、全員一律でスタンダードな島根和牛セットにした。こういうところで上位メニューを選ばないのは持ち前の貧乏性……いや、堅実な性格によるものだろうか。

食事の前に、姪が胃薬をくれた。今回連れてこられなかった、もう一人の姉のおすすめだそうである。加齢による、焼き肉の後の胃のもたれを考えるとありがたい。

シャトー弥山で昼食

肉は、大変美味だった。味、脂の加減もベストな感じがした。以前食べた三重の松阪牛は濃厚過ぎて一通り食べると「もういいや」という気になったが、この島根和牛というものは財布と胃袋さえ許せば無限に食べていたいと思える代物である。オオクニヌシよ、牛肉に関しては伊勢より出雲のほうが勝っているぞ、と思う（何様）。

父も大変ご機嫌であった。いつの間にか自分の肉を平らげ、「これ、もらっていい？」と焼き網の上の肉を指さした。私の分の肉である。姉から少々おすそ分けしてもらったものでもあるが、父が息子である私の分の焼き肉まで食べるとは全く予想していなかった。とはいえ連れてきて喜んでもらえるのはいいことで、肉は譲ることにした。これを肉譲りの神話……ということにはなりそうもない。

食後に、隣の土産物屋で買い物をした。父に「友達に配りたいんだけど、ワインを5本買っていいか」と聞かれた。言葉は質問形式であるが、意思は「購入」である。そもそも、もう友達に会う機会などないであろうが。

「わかった、買い物かごに入れていいよ」と言って品を選ばせ、父が目を離したすきに品を棚に戻すことを何度か繰り返した。お土産の数を絞った上でレジを済ませ、次の目的地へ向かうとする。

実は、外の売店にあった「ぶどうソフトクリーム」がとても気になっていたのだが、ほかのどこかで食べられるだろうとスルーしてしまった。が、ほかで見かけることはなかった。未だに悔やまれる次第である。

一畑電鉄

次の目的地へ向け、宍道湖北側の国道を東へ向かう。途中、一畑電鉄の線路と並行する場所が大変多い区間である。何度か、電車とすれ違う。

父に「一畑電鉄は乗ったことがあるか」と問う（わざと質問したのだが、以前一緒に乗ったことはある）。「そうだねぇ……乗ったことがあるかなぁ」という返事だった。焼き肉の後で少々眠かったのかも知れない。そういえば、一畑電鉄の語源である一畑薬師には一度も行ったことがない。1000年以上前に建てられた由緒正しい寺であるらしいが、どうも近隣にあるほかの観光スポットと比べて優先順位が下がってしまう。

松江フォーゲルパーク

宍道湖沿いに、花と鳥のテーマパークがある。広い敷地の鳥専門の動物園（お花もいっぱい）、といったほうがわかりやすいかもしれない。以前は、富士花鳥園、神戸花鳥園、掛川花鳥園……といった花鳥園グループの一員であったが、今では一畑（電鉄）グループの会社が運営している。ほぼ共通しているのが、水鳥やペンギン、フクロウ、大型インコなどの展示や飛行ショー、鳥舎の中でのエサやり体験である。

順路を進んでいくと、オニオオハシやエボシドリにエサやりができるコーナーがあった。カップに入ったエサを購入すると、どこからともなくエボシドリが飛んできて、人の腕や頭にとまってエサを催促される。

エボシドリたちには力関係があるようで、エサをもらう序列があるらしい。

「気に入った仔がいたら、チェンジもできますからね～」とスタッフの方が声をかけてくれた。

「キャバクラ?」と姪が予想外の言葉を発していた。要らんことをどこで覚えた？　そもそもチェンジのシステムはキャバクラというよりは……（以下略。わからない子はおとうさんに聞いてね）。

足元で、オニオオハシが四角い箱を転がしていた。どうも、箱の角に小穴があけてあり、転がすことによってエサがぽろぽろと出てくる仕組みらしい。これは「フォージング」と呼ばれ、飼育下の鳥に餌探しの行動をさせることにより脳トレやストレス軽減の効果が期待できるそうである。この存在は知っていたが、実際に上手く行われているのは初めて見た。スタッフの方によると、現行の箱は先代よりも穴を小さくして難易度をあげたものらしい。それを見た父が、予想外の行動に出た。なんと、フォージング用の小箱を手に持ち、ふりかけのように振って出てきたエサをオニオオハシに与えている。もちろん、手間なくエサにありつけるオニオオハシは大喜びである。それでは、フォージングの意味がないが……

父とオニオオハシ

いや、父のフォージングにはなっているのかもしれない。そろそろ次に向かうか、と思ったところ、父の肩にエボシドリがとまってなかなか離れない。そのまま鳥舎を移るわけにもいかない。

「この鳥、東京に連れて行っていいですか～」とご機嫌で父が言う。

「毎日、メロン食べさせないとだめですよ」とスタッフに答えられる。昔から、どうでもいいやり取りはよくできるので感心する。やはり、フォージングは父の脳トレになったらしい。そんなフォーゲルパークを後にして、次の目的地に向かう。

真山《しんやま》（新山）城址

戦国時代初頭、山陰地方は尼子《あまご》氏という武将が統治していたが、これを侵略しようとした毛利氏と一進一退の攻防が繰り広げられていた。その中、尼子氏側では山中鹿之助幸盛《やまなかしかのすけゆきもり》という武将が活躍した。美男子かつ有能だったようである。松江市街の北側に真山という山があるが、そこには過去に鹿之助が守ったことのある山城の跡地がある。父は、山中鹿之助が大好きだったらしい。学生時代に自宅から自転車で真山に行き、何度か登ったそうだ。今回の旅程でも、父の記憶を呼び戻すため真山城の登り口ぐらいは見せたいと思っていた。しかし行程が少々遅れ、日暮れが近くなっていた。山の日没は早い。しかも、国道は帰宅ラッシュが

真山城跡入口。ほかにも入口があるのかもしれないがよくわからなかった

始まったようである。また、登り口はいくつかあるらしいが、下調べが不十分で場所を特定できていなかった（近くに行けば標識でわかるだろう、くらいの認識だった）。

今回の旅行を機会に導入したiPad miniで場所を検索する。テクノアーク島根の裏側辺りに　真山城登城口の場所を確認し、車を走らせる。たどり着くと、登城口はさほど広くない山道のそばにあった。駐車場はないようだ。

登城口の看板の前に車を停める。降りて散策するほど時間の余裕はない。父に

「真山城に着いたよ」「鹿之助がいた城だよね」「昔、登ったことがあるよね」と声をかける。「真山…鹿之助……登ったこと……こんな所だったかなぁ」という、さほど気のない返事だった。私が案内した場所が違う場所だったのか、父が忘れてしまったのか、単に疲れで眠くなっていたのかは定かではない。

島根大学

真山からの帰り道、島根大学の脇を通る。そういえば、従姉は島根大学のことを「しまだい」と略していた。

考えてみればあたりまえの略語だが、自然と発音されるのはとても新鮮な印象がある。

最近、島根大学の出身者で結成された音楽バンド「Official髭男dism」（オフィシャルヒゲダンディズム）が世間で人気である。聴きやすい楽曲が多く、私もたまに拝聴することがある。そんなバンドの、お気に入りのエピソードは以下である。

彼らが初めて都内でライブを行った翌日、メンバーの一人がプライベートで渋谷の街を歩いていた。すれ違った女性が、ライブ会場で販売されたTシャツを着ていたので、うれしくなって声をかけた。すると女性は「ナンパはやめて下さい」と怒って言ったそうだ。

……ライブの翌日に本人が目の前に現れるって思わないよね。そんな話を思い出しながら、〝松江だんだん道路〟を通って玉井別館に戻った。

ホームシック？

再び宿に着き、荷物を部屋で整理するなどしていた。まもなく夕飯の時間である。

すると突然、父が「〇〇（母の名前）はどこにいるのだ？」と言い始めた。

父の介護疲れで母は世田谷の実家で休養中であるが、ここで誰のせいで体調崩してんねん、と言うわけにもいかない。

姪が「ママはね、東京でお休みしているんだよ」と説明してくれた。父は納得がいかない様子だ。「じゃあ、電話をしようか」と携帯電話で家に電話をかける。

母が電話に出る。しばらく父と母がとりとめのない（？）会話をした後、電話を切って食堂に向かった。

夕飯

和室大広間で豪勢な料理に舌鼓を打った。メニューは刺身に煮物、一人用コンロでの焼き肉などである。

姉によると、昨晩大浴場で悲鳴が聞こえたのでその方向に目をやると、体重計に乗った女性によるものだったらしい。旅行で毎日イイ物食べていたらそうなるよね。

そんな話をしていると、また父が「〇〇（母）はどこにいるのだ？」と言い始めた。「いや、さっき電話したよね、大丈夫だったでしょ？」と言っても納得しない。もう一度、母に電話をした。母はびっくりというか怪訝（?）な感じであったが、恐らく状況は察してもらえたものと思う。

父は酒好きのため、よく酒を呑みたがる。しかし昨今は諸般の事情で基本的にノンアルコールビールを飲ませることにしている。ところが、今回はどうしても酒（日本酒）が呑みたいと強く駄々をこね始めた。呑ませた後の異常行動や、私の食後の予定（車で行動）を考えると酒は困る。必死で止めたが、父は片付け中の配膳の方に「お酒をお願いしまーす」とご機嫌で勝手に注文してしまった。万事休す。しかし、配膳の方は「後でほかの者が注文聞きますので」と戻って行ってしまい、伝票には注文は入っていなかった（セーフ）。

酒を注文した気になっている父はご機嫌であった。いつの間にか自分の焼き肉を平らげ、「これ、もらっていい？」と私の焼き皿の上の肉を指さした。まぎれもなく、私の分である……最近どこかで同じ光景を見たような気がするが気のせいか？　息子の皿から肉を持っていくかね普通？　と思うが、実は今回は肉のおかわりは自由なので困ることはない。自分も若いころなら無限おかわりをしたと思うが、悲しいかな、肉のおかわりはせいぜい1回で充分である。

鉄板で肉を焼く父

酒は百薬の長

父は以前、家での夕飯の際に酒を呑みながら「酒は百薬の長と言ってね……」と解説していた。しかし後に知ったところ、この言葉は「酒は百薬の長。されど万病のもと」が全文であるらしい。近年の研究では、飲酒と認知症の相関が取り沙汰されている。それを聞いた私は、晩酌の頻度を減らすことにしている。

父の親友

料理の中に、イカの刺身があった。ふと、父の高校時代の親友に離島出身の方が一人いるのを思い出した（その島ではイカがよく獲れたと聞いていた）。「Aさんは元気か？」と父に声をかけた。

「A……知らないなぁ。誰だっけ？」

「いや、親友のAさんでしょ」と言うと、「あいつはワルだったからねぇ。警察に捕まっているんじゃないかな」と言った。

私が知る限り、A氏は父と同じ高校を卒業した後、大手プラント会社（現在では一部上場企業）に就職して取締役にまでなった方である。恐らくであるが警察に捕まったことはない。私は就職した後、一度だけA氏の職場を訪れたことがある。恐らく10年ぶりに会ったのだが、開口一番「君は、女難の相があるねぇ」と私に言った。女難以前に彼女の影すらない私は「そうなのか？」と思った。そんなA氏は、その後にご自身の浮気がバレて当時の奥様と離婚することになり、今ではその浮気相手と再婚して幸せに暮らしているらしい。

夕飯を終え、部屋に戻る廊下で父は「もうちょっと、お酒が呑みたかったなぁ」と言っていた。（実際にはノンアルコールビールしか飲んでいない）。どうも、前段での錯覚のせいか、少しは酒を呑んだ記憶になっているらしい。少々かわいそうと思う気持ちになった。

ＪＲ特急やくも号

私が夕飯で酒を呑まなかったのは、一人で松江駅に出向き、ＪＲの特急・やくも号を撮影するためであった。

岡山〜出雲市を走るこの列車の車両は、山間部でスピードを落とさずに走るために振り子式構造という特殊な仕組みを持ち、それゆえに旧国鉄時代からモデルチェンジをせずに生き残っていた。この車両もあと数年後に役目を終え、次の世代にバトンタッチするそうである。なお、主要区間である鳥取〜岡山間を「伯備線」というが、これはそれぞれの旧国名「伯耆《ほうき》」と「備前《びぜん》」のそれぞれの頭文字をとったものである。

国鉄時代から走る「やくも号」(381系)。
2024年には引退予定という

松江の繁華街

　松江駅でやくも号の撮影を終え、ついでに松江市の繁華街の撮影に向かった。私は少々変わった趣味の一つとして「地方の繁華街（というか歓楽街）」の撮影を行っている。そのほとんどは駅近くのメイン通りから少し離れたところにあり、一見わかりづらい一角にある。そんな中に、所狭しと飲み屋やスナックが立ち並ぶ様は不思議な空間だが、再開発によって消え去ることも多い。松江市の場合は、「東本町《ひがしほんまち》」と「伊勢宮《いせみや》

町《ちょう》」が繁華街に該当するらしい。あいにくの雨の中、撮影を進めていく。呼び込みの声も少ないようだ。

源助《げんすけ》公園

松江大橋のたもとに、源助公園という小さな公園がある。これは江戸時代、難工事であった松江大橋の建設の際に、通りかかった足軽の源助が人柱として埋められたが、その供養のための石碑がおかれているものである。

この伝承はかなり前に松江の歴史を父に語ってもらった際に初めて聞いて以来（細部の情報は異なっていたような気がするが失念）、一度足を運んでみたかった場所である。街歩きのついでに寄り、手を合わせて黙祷を捧げる。雨の夜の慰霊碑、写真は撮らなかった。

バラパンとおいしい水

そろそろ宿に向かうために駅の駐車場に戻るとする。そういえば、今回の旅行に際し、妻より「バラパン」を買ってきてほしいと言われていた。松江近郊のソウルフードと呼ばれる、「薔薇の形をしたパン」である。最近、テレビでも紹介されたらしい。駅近くのコンビニに入ってみる。どうも商品棚にはないようだ。

店員のおばちゃんに「バラパンは扱っていますか?」と聞く。どうもその人は、バラパンが何だかわからない様子だ。その会話が聞こえたのか、ほかのレジにいたおばちゃんが駆け寄ってきた。

「バラパンは○○パンさん※の扱い店にしかないので、イオンさんか、みしまやさんにならあるかと思います」
○○はメーカーの名前らしい。みしまや……みしまや……みしまや……どこかで聞いたような。そういえば、初日のドライブの際に教えてもらったチェーン店のスーパーだな。

左：南アルプス、右：奥大山
こういった雑学で私の頭は占領されている

コンビニでバラパンが買えなかった私は、某飲料メーカー製のペットボトル入りの「天然水」を購入した。この商品は、関東近県で購入すると「六甲の天然水」だが、九州で購入すると「霧島の天然水」になっている。そして、山陰では「大山の天然水」となる。出荷先によって取水地が異なるのだ。ただし味の違いがわかる自信は全くない。

※後日、パンのメーカー名は「なんぽうパン」であることが判明。

温泉

宿に戻ると、皆はジェンガという木製パズルゲームで楽しんでいた。私が出かけている間、3人はライトアップされた温泉街を散策するなどして楽しむことができたらしい。

都合をつけ、父を大浴場（温泉）に連れて行った。時刻も遅いせいか、ほかの客はほとんどいなかった。

父は湯につかり、挙げた片手を前後にゆっくりとゆらしていた。手を振っているのか、電波で何かと交信しているのかはわからない。以前に母が、「お父さんはどこかと交信しているのよ」とよく言っていた。

いつの間にか、挙げているのが両手になっていた。ダイバーシティアンテナ仕様にアップグレードされたようである。

いい湯であるが、長湯でかえって疲れても困るので早々に上がることにする。父は着替えている途中でも意識がほかに向かってしまう（例えば、浴衣を着ようとしているときにバスタオルが目にとまれば、またバスタオルを手にとってしまう）ので一苦労である。

地方局のCM

部屋に戻って父をベッドに寝かせた後、入れ替わりで女性陣は大浴場に向かった。しばらくは父の見守りのため起きていなければならない。私は普段はほとんど見ないテレビの電源を入れた。実は、首都圏でない地域のテレビで楽しみにしていることがある。それは「動かないCM」である。首都圏で見るCMは大抵の場合、有名人やタレントを起用した上で凝った音楽や映像で演出されている。しかし、そうでない地域の場合「国道○○号線沿い、駐車場○○台完備！　パチンコするならぁ〜……」といった、声はすれども映像が静止画、言い換えれば紙芝居状態のものがあり大変新鮮な感覚を覚える。しかし時間帯はすでに夜、本編の番組はあまり面白くない。仕方なく（?）スマホを取り出し、流行りであるウマを育てるゲームにいそしんでいた。……が、しばらく忘れていたテレビのほうを見ると、すでに番組が深夜帯用に入れ替わり、水着のお姉さまが砂浜で寝そべって微笑んでいるような内容に代わっていた。こんな時に女性陣が部屋に帰って来たら冷ややかな視線を浴びることは間違いないであろう。慌ててチャンネルを替えた。

3日目

鳥取銀行ATM前の立て看板

この日は、当初の予定では足立美術館に向かう予定だった。しかし、今までの状況からすると詰め込んだスケジュールは大体後ろ倒しになっている。また、次回（あるのか？）も玉造に来られるとは限らない。となると、足立美術館の行程は削って玉造の街を楽しみ、父が卒業した松江工業高校を見に行くほうがいいと考えた。この案に、姉と姪は同意してくれた。

玉造神社

宿をチェックアウトし、徒歩で玉造神社へ向かった。途中、瑪瑙などの土産物屋があり、立ち寄りつつ向かっていく。途中、父に玉造神社に向かっていると伝えた。すると、「玉造神社には、長い階段があった気がするねぇ」と返事があっ

玉造神社の参道

た。たどり着くと、確かに長い階段がある。正しい記憶なのか、単に神社にありがちな階段と混同しているのかは定かではないが、天皇家の〝三種の神器〟のうちの一つがこの近辺で造られたと思うと感慨深いものがある。

足立美術館（行っていない）

初めてこの美術館の名前を聞いた際、東京都民の私は「（東京都）足立区にそんな美術館があるのか」という誤った認識をしていた。そうではなく、島根県安来市にある地元出身の実業家・足立全康《あだちぜんこう》が開館した美術館らしい。横山大観の作品を多数所有し、日本庭園は『ミシュラン・グリーンガイド・ジャポン』にて、3つ星（最高評価）を獲得しているそうだ。行ってみたいと思っていたが、前述のとおり今回は叶わなかった。この美術館は、東京発着の山陰旅行ツアーではほぼ必ず組み込まれるため、そのうち行く機会はあるだろう。しかし大体の観光ツアーでは足立美術館と距離の離れた岡山の美観地区がなぜセットになっているのか。個人的な謎である。中国山地を越えた反対側を一緒にしなくても、と思う。

ところで、いわゆる『ミシュランガイド』のミシュランが、自動車などのタイヤを製造しているメーカーであることを知らない人は結構多いらしい。自動車というものが今ほど一般的でなかった頃に、「自動車で旅に行って（タイヤを使って）もらうにはどうしたらよいか」というのが『ミシュランガイド』の発祥である。そんなことも知らずに、「ここのお寿司屋さんはミシュランガイドで○つ星

当方所有の『ミシュランガイド（上）』と
実際のミシュランタイヤ（下）
イラストにあるキャラクターは、「ムッシュ・ビバンダム」ことミシュランマンである。かつて自動車用タイヤが白い保護布で覆われて納品されたことに由来するデザインとなっている

なのよ」と言っている日本のご婦人が（恐らく）なんと多いことか、とチコちゃん風に思う。

みしまや（田和山店）

みしまやは、松江市に本社があるスーパーマーケットのチェーンである。後に調べたところ社長の苗字が三島さんらしい。店に寄った目的は、前談にある「バラパン」である。初訪問のスーパーというものは、どこの棚になにがあるかわからない。パンコーナー……あった。バラパン、棚にたくさんある。目的達成である。単価は安い。ふつうのバラパンのほかに、コーヒーのバラパン、抹茶のバラパンもあった。ここは、ふつうのバラパンとコーヒーのバラパンを購入した。東京に帰ったのち、「大した金額ではないのだから、全種類買っておけばよかった」とも思った。

みしまやの駐車場を出て、小道から国道に入ろうとして止まり、脇をみるとパトカーが止まっていた。

ふと正面を見ると、一時停止の標識があった。どうやら一時停止の取り締まりを行っていたらしい。

確かにわかりづらい場所である。あぶないあぶない。

馬《ま》の背坂《せのさか》

松江市中心部から南部へ向かう国道４３２号には、途中でなだらかな上り坂がある。ここを、馬の背坂と言うらしい。高校生当時の父は、松江工業高校に通うために自転車で走ったそうである。思い出話にも何度か登場していた。連れて行けば昔の記憶が戻るかもしれないと考えていた。

車で、坂道をゆっくり通る。時間帯のせいか、幸いに交通量はとても少ない。「どうだったかなぁ……こんな景色だったかなぁ」と父は言う。自転車では苦しい坂も、車では単に傾斜のある道でしかない。あるいは、70年近い歳月で景色が違ったのかもしれない。Google等で調べぬいて到着した場所だけに（注　ローカルすぎて情報が少ない）、残念だった。

みしまや店内で発見したバラパン。POPに「島根のソウルフード」とある

コーヒー（左）とプレーン（右）のバラパン

松江工業高校

父と、その兄弟も卒業した高校である。たどり着いてみると、立派な校庭に新しめな校舎である。歳月から考えると数回建て替わっていてもおかしくはない。校門前のスペースに車を停め、記念撮影しながら談話……をしたかったが、父の相手は姉と姪にまかせて私はカーナビに次の目的地のセットをしていた。例に漏れず、時間が少々押し気味であったためである。しばらくすると3人が車に乗ってきた。「おじいちゃんがね、ありがとう、って言っていたよ」と姪が言った。卒業校を訪問できたことを認識したらしい。

私が父に「ありがとう」と言われたのは、15年以上前に岐阜県・高山市（いわゆる飛騨高山）に連れて行った時以来かと思う。いや、その時も私には直接言わずに母から伝言されたような気がする。なお、その時の私は少々憤慨していた。高山から帰路につこうとした時、父から「高山には、おいしいラーメン屋があるって聞いたんだけど（連れて行ってほしい）」と言われた。

「じゃあ、そのお店の名前は？」

「わからない」

「どの辺にあるとかって聞いてる？」

「聞いてない」

「そんなんじゃわかるわけないだろう！」

「高山ラーメン」というブランドがあるほどで、高山市はラーメン店が結構多い。

松江工業高校前にて

父は、運転手というものを格下に見る癖がある。こちらを地元の情報に詳しいタクシーと勘違いしているようでもある。

行きたい場所があるならもうちょっとまともな情報を取り寄せるのが「同行者」のマナーだと思う（客でもなければ上司でもない）。

ただし、この一件に関しては私も反省するところがある。流行っていそうな店を適当に選んで車を停め、「その店、ここだよ！」と言えば、どうせわからなかったに違いないのだから。

八重垣神社（今回は行っていない）

今回の行程には含めていないが、このエリアにある「八重垣神社」についても記載しておきたい。

２００１年に祖父の法事で松江を訪れた際、いとこたちとドライブで訪問した場所である。

神社内を散策し、少々歩き疲れた私たちは隣の土産物屋にある喫茶コーナーで一休みしていた。すると、店主とおぼしきオバちゃんから話しかけられた。どういう流れかは忘れたが、祖父の享年が95歳であることを伝えると「それは大往生だねぇ」と言われた。宗教用語が自然に出てくるのは地域柄なのか。

「出雲大社は縁結びで有名だけどね。男女の縁はここ八重垣神社が本物なのよ。出雲大社は商売とかの総合縁。男の神社なの。八重垣神社は女の神社。

千木先端のカット（削ぎ）が異なる

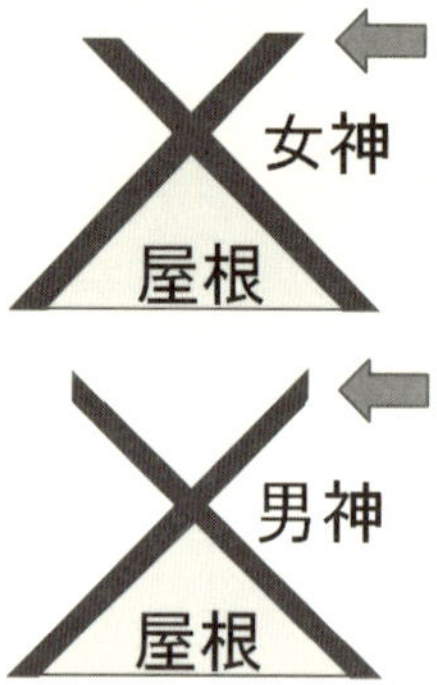

神社の屋根の違い

それは神社の屋根を見ればわかるんよ。屋根の上の十字の木（千木《ちぎ》）、端が垂直だったら男の神様が祭られているの。水平だったら女の神様。昔から、お見合いババアっていうのはいても、お見合いジジイというのはいないでしょ」

京都の和菓子屋における「元祖」と「本家」の主張のような話で始まった講釈

だが、いろいろな面白い話を交えて1時間ぐらいは続いた気がする。そういえば、人生の中でお見合いババアって一度も会ったことはないな。なお、私が神社仏閣や日本神話に興味を持ったのはこの日の講釈と、のちに読んだマンガ『孔雀王曲神紀』がきっかけである。

自動運転

この日の昼食は、鳥取県・境港の食堂に行くことにしていた。山陰自動車道を東に向かう。なだらかな道であるが、運転は少々退屈である。ここで、あることを思い出した。このレンタカーには日産自動車が誇る「プロパイロット」という運転支援技術（簡易的な自動運転機能と言ってもいいかも）が備わっている。なだらかな高速道路であれば、車が白線や前走車両を見分けて運転者がほぼ何もしなくても勝手に進んでいくらしい。俳優の木村拓哉氏がテレビCMで「やっちゃえNISSAN」と言いながらアピールしていたのを覚えている人も多いだろう。ちなみに、私と木村拓哉氏は同い年で、誕生日が2週間ほどの違いである。それ以外はいろいろな意味で雲泥の差があるが。

そんなプロパイロットのボタンが、目の前のハンドルに備え付けられている。恐らくこのボタンを長押しすれば起動すると思われるが、残念ながら取扱説明書を全く読んでいない。微妙にヒマな道路だけにボタンを押したい……いや、さすがに何かあったら大変だ、という葛藤を繰り返しているうちに高速を降りる予定の米子西インターにたどり着いた。

弓ヶ浜

米子市を抜け、弓ヶ浜海岸を右手に見ながら北上する。松江工業高校から境港に向かうだけであれば大根島を通ったほうが効率的なのだが、折しも前週のNHKの番組「ブラタモリ」で境港が取り上げられ、番組後半は弓ヶ浜の説明であった……という状況であれば、せっかくなので一目だけでも見ておきたい、という気持ちである。国道を走りながらの眺めなので満喫できたとは全く言えないが、松林の先に美しい海岸線が見えたのでこれでよし、としよう。

目的の店は、境港の竹内団地にある「御食事処 弓ヶ浜」である。「かにトロ丼」という名物料理があることは調べてあった。氷温熟成させたかにの剥き身をのせたもので、見た感じ胃に優しそうであるのと、お値段も観光地のカニ料理として考えると財布に優しいというのが選択理由である。

そういえば、インスタグラムで交流のある、写真家の bombardier_gram 氏が境港在住であるため「弓ヶ浜のかにトロ丼食べに行きます」とあらかじめメッセージを送っておいたところ、「家から歩いて行ける店ですが、入ったことはありません」という返事だった。灯台下暗しとはよく言ったものである。

境港に着き、『ゲゲゲの鬼太郎』の大きな像を見つつ、店に入る。予定通りのかにトロ丼に加え、かにとろシュウマイを注文した。そこそこの分量とはなったが、驚いたことに普段は小食な父が自分の分を完食していた。とても気に入ってくれたようである。隣の市場で土産用の「冷凍かにトロ丼」を購入し、次の目的地に向かうとする。本当はカニそのものを姿で購入したかったが、大荷物になると行程のコントロールに不安があったため断念した。

かにトロ丼と、それを平らげた父

水木しげるロード

境港は『ゲゲゲの鬼太郎』の作者・水木しげる氏が長く住んだ場所である。それにちなみ、境港駅前から続く「水木しげるロード」という、鬼太郎のキャラが並ぶ通りがある。実質は「ゲゲゲの鬼太郎ロード」といったほうがしっくりくるような気がしなくもない。少々喉が渇いたため、途中のイートインで「梨ソフトクリーム」を皆で頂く。父は「今日、(東京に)帰るのか?」と私に聞く。「そうだよ」と答えると、東京にはどの道で帰るのかと、にこやかに聞く。すでに「飛行機」という概念は、言っても理解ができないらしい。

「東に向かって、大阪を抜けて行くのだよ」と答えておいた。言葉の上では嘘ではない。

「今回はどうもありがとうねぇ」と父に言われた。正面から礼を言われたのは人生初だろうか。

イートインを出て、土産物屋にも入ってみた。「目玉のおやじ」の根付があった。大学で看護学部に通っている姪が「救急搬送された患者さんの目みたいでかわいい」と言っていた。人の眼球についてさほど考えたことのない私にとっては新鮮な見解である。

そんな折、電話の着信音が鳴った。東京にいる母からである。もう松江の親戚からのお土産が東京の実家に届いたらしい。会ったのは一昨日の夜だから、昨日中に発送手続きが行われれば確かに東京には翌日到着するが……。日本の運送システムと、親戚の仕事の速さに感服した。

米子空港（帰路）

レンタカーに給油しつつ、米子空港に向かう。燃費は1リッターあたり11キロメートルくらいだった。山道を含んだ一般道が多く、多人数乗車であることを考えるとまあいいほうかな。

飛行機に乗る前に、父がトイレに行きたいという。どこへ行くのもすぐ迷うので同伴する。「大」の個室からなかなか出てこない。このあいだに、搭乗券画面のスクリーンショットを皆に送りたいが、トイレでシャッター音をたてるのは微妙である。結局その後、搭乗手続きをぎりぎりで済ませ、搭乗口に向かった。売店も覗いてみたかったが、そんな時間はなかった。

帰着

飛行機が米子空港を離陸した後、私はすぐに寝入ってしまった。それなりに神経を使って疲れていたからであろう。

羽田空港に到着後、カウンターへ向かう。今回来られなかった母の分について いくらか料金が戻ってくるという連絡が入っていたためだ。そもそも4万円ばかりがパーになることを考えたらありがたい話である。

カウンターで、「搭乗できなかった理由はなんですか?」と聞かれた。「コロナ感染が怖かったからです」と答えておいた。理由によって異なるのだろうか?職員二人が向こうで相談している。返金額は……7000円ほどであった。計算式はわからない。

皆で駐車場に向かい、荷物を自分の車に乗せる。最新型のミニバンから十数年落ちのコンパクトカーではずいぶんとしなびた感じは否めない。普段はそうは思わないが。

帰り道の車の中では、思い出話に花が咲いた。すると父は「松江城には行けなかったねぇ」と言い出した。

数日前までのことをおぼろげでも覚えていられるのは、父の病状ではほぼ奇跡に近いことである。次に、姪が父に「次の旅行はどこに行きたいか」と尋ねた。

「沖縄かなぁ」と父は答え、思い出話を語っていた。父は仕事の関係で沖縄に通っていた時期があったのだった。

沖縄行きは恐らく無理だろうな、と思いつつ、私たちは世田谷の実家に向かったのであった。

後日譚

父はこの旅行の後しばらく元気だったものの、翌年には介護施設へ入居となり、翌々年の6月に川崎市にある帝京大学医学部附属溝口病院にて人生の旅路を終えました。大好きだった酒は旅行の出発前夜に口にしたのが最後となり、今は目黒区にある自由が丘陵苑（納骨堂）で静かに眠っています。

お気持ちで合掌頂けたらと思います。

（終）

あとがき

愚痴を含んだ雑文を最後までお読み頂き、恐縮至極です。当方、国内旅行が好きであちこちを訪ねておりますが、毎度「行程詰めこみすぎ」で道中が多忙になってしまうのは今回も例外ではありませんでした。行動記録と写真を眺めながら、よく2泊3日でこれだけ詰め込んだなぁ、と今でも思います。帰着してしばらくは、自分の家で寝ている時でも、実家にいる父が気になって夜中に目が覚めたり、ANA機内で離着陸前後に流れる音楽（タラ～ララ～ララ～タラララ～ラ～ララ～※）が頭の中で無限ループしたりと相応の反動がありました。

※後に、葉加瀬太郎の「アナザースカイ」という曲であることを知る。

神話の国・島根県は、調べれば調べるほど見所があり、見たいところをすべて回ったら相当な期間がかかるだろうなぁ……と思います。私なりにいろいろ調べた上での道中だったので、せっかくと思い旅行記としてまとめることにしました。

ヤマタノオロチは学説では「暴れ川であった斐伊川のこと」という説が主流らしいが、一方で出雲神話では「オロチ族」という部族とされている

以前、森高千里の歌の中に「昔話は苦手　本でも書いたらおじさん」と揶揄するフレーズがありましたが、自分もそういうおじさんの歳になったのか、と思いながらパソコンに

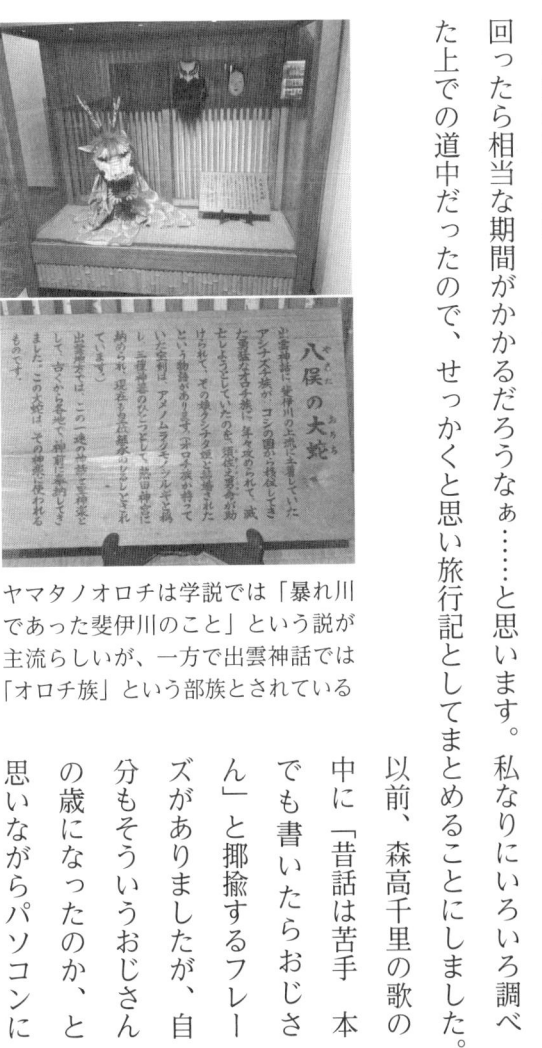

向かっております。ちなみにこの歌、今調べたところすでにリリースから32年ほど経過しているようです。時が経つのは早いですね。

なお、本文中で航空券の購入に関して「早割はキャンセルや便変更ができない」とありますが、どうも私が誤解していたようで、あらかじめ手続きを踏めば何割かの払い戻しがあるようです。

追記１　戦争と山陰、日本軍

山陰地区と日本の近代戦争との関わりについては、メディアで取り上げられることが少なく教科書にも載らないことから世間ではあまり知られていないようだ。とはいえ結果的に日本全土を巻き込んだ戦争の影響がないはずもなく、父の実家も例外ではなかった。

ここに、松江の地域と戦争について私なりに調べたことを記述したいと思う。

・１９０８（明治41）年、松江市の誘致運動によって古志原（津田村）に陸軍歩兵63連隊が入営した。この連隊は日露戦争、満州事変、日中戦争、太平洋戦争に参戦した。特に終戦直前のフィリピン・ルソン島での戦闘は激戦で、終戦を迎えた際にはほぼ全滅状態となり内地に帰還できたものはわずかであったと言われている。連隊本部や兵舎の跡地は現在松江工業高校となっている。関連施設として練兵場（富原）／陸軍病院（現厚生センター）があった。

・1945（昭和20）年3月から6月にかけて出雲市斐川町に海軍大社基地が突貫工事で建設された。また、同年7月から玉造海軍水上機基地の建設が開始された。

・戦争末期、美保関町七類の九島《くしま》に水中特攻基地が建設された（完成せず）。

・1945年7月28日　大山口《だいせんぐち》駅、海軍大社基地ならびに玉湯町（水上機基地や列車）に空襲があり、多くの死傷者を出した。

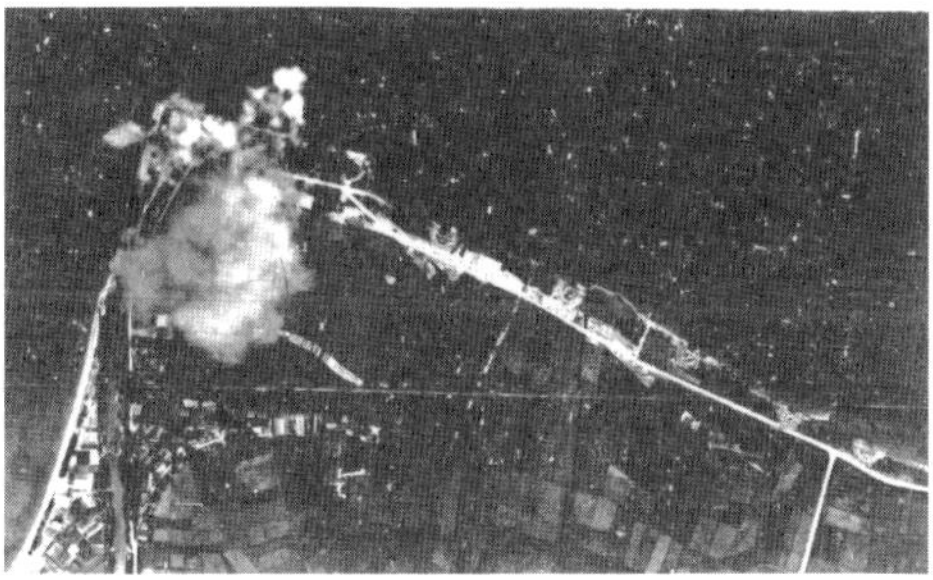

空襲を受ける松江市玉湯町の水上機基地（国立国会図書館デジタルコレクションより。北が上になるように画像を加工し、明暗を補正）
https://dl.ndl.go.jp/pid/4002582/1/21

【終戦後】

・島根県では松江・浜田・出雲の三市に連合軍が進駐した。
・松江市には1945年11月6日、米国進駐軍約600人が松江駅から徒歩で馬の背を経て古志原連隊兵舎に入った。
・1948年（昭和23年）4月（資料によっては8月）連隊兵舎跡に松江工業高校が移転した。

追記2　ひとり歩きの高齢者に位置情報システム

2023年のデータでは、認知症と思われる行方不明者は延べ1万9000人ほどいたらしい。

母は「月極駐車場で（遺体になって）発見された方もいたそうよ。かわいそうね」と言っていた。

どちらかというと、私は発見者の方が心配である。たとえば、朝にお子さんを幼稚園に送っていこうとしたら、知らない高齢者が車の横でお亡くなりになっているということもありえるわけである。ビジュアル的にトラウマ級であることは間違いないし、その後の警察の見分立ち合いで午前中の予定はパーになるであろう（※空想です）。

うちの父も、何度行方不明になりかけたかわからない。その点、関わったことがない方は「カギをしっかりかければいいじゃないか」「誰かが見張っていないからだ」と簡単に言うが、実際には家から出られなければ騒ぎ出すし、常に人を監視するのも事実上は不可能である。

外野の意見は無視するとして、家から出て行った人間の位置を捕捉できれば捜索が容易になる。この章では私が実際に活用したガジェットについて述べてみたい。

我が家で導入したものは、apple社製「air tag」（以下エアタグと表記）と、mixi社製「みてねみまもりGPS」である。

それぞれメリット・デメリットがあるため、導入を考えている方の参考になれば幸いである。

技術系の話に疎い方にはつらいかもしれないが、それぞれ特性を理解していないと最適な運用はできないためそこは我慢して読んでほしい。

1 機能など

エアタグ

形状は円形で500円玉を少々厚くした感じである。価格は販売店によって異なるが1個5000円ぐらい。月額費用は無料である。

電池はボタン電池で、1年ほど持つ。後述のGPSよりは導入ハードルが低い。

その形状ゆえ、財布の中やスニーカーの中に仕込んでおくことが容易である。

自己の位置は、ほかの通信機能を持つapple社製品……iPhone等がエアタグの位置情報を認識することで成り立つ。わかりやすく言うと「iPhoneを持った誰かとすれ違ったりすると、その時点での位置を伝える」ということになる。自分自身では直接に位置情報データを送れない分、月額もかからず電池も長持ちする仕組みである。

ただし、その仕組みが弱点にもなる。端的に言うと「(iPhoneを持った)誰ともすれ違わなければ、居場所はわからない」ということだ。スマホの普及率は国内ではiPhoneとそれ以外でおおよそ半々なので、確率的には誰か２人とすれちがう必要があることになる。

つまり、

・機能する場所…（人通りの多い）駅近く、街中、商業施設など
・機能しない場所…（人気のない）田畑、河原、海べり、田舎道、深夜の住宅街
と考えられる。

みてねみまもりGPS
形状はおおよそ5センチ四方の角形。本体は1個5808円。月額が528円である。電池は充電式で、設定にもよるが1か月ぐらいごとに充電が必要である。自己の位置は、携帯電話の回線を通じて通知を行う。携帯電話の電波が届く場所であれば機能すると考えてよい。

また、エアタグは単に「現在の（というか最後にほかのiPhoneとすれ違っ

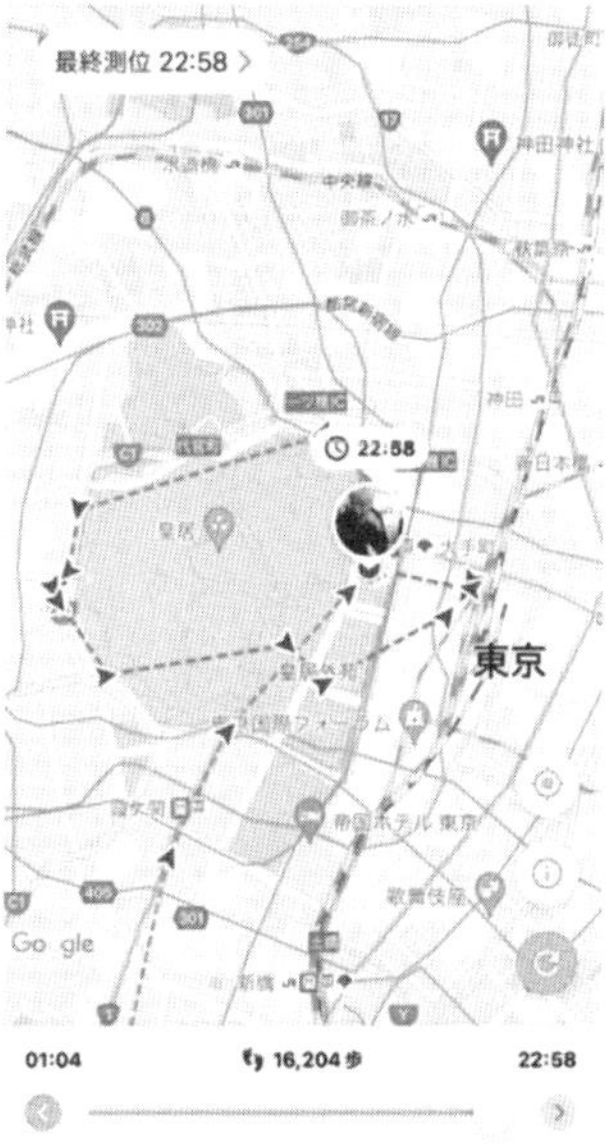

みてねみまもりGPS実際の画面

た）位置を地図上に表示」するのに対し、GPSは「数分ごとに地図上に位置を記載」していくので、どのような経路でその場所にたどり着いたのか（また、危険なエリアを通っていないか）を把握することができる。ほか、自宅から離れた際に通知を行うなどの機能がある。

ここまで読んで「じゃあ、どっちがいいの？」と聞きたくなる気持ちもわかるが、筆者的には「両方買っとけ」が結論である。

いやいや、お金ないよ、と言われるかもしれないが、

・アテもなく探すことによる労力やガソリン代

・線路に侵入し、事故で鉄道を止めたら数千万円の賠償金

・迷惑をかけた近隣や施設に謝罪行脚《あんぎゃ》

・完全に行方不明になった場合、家族で数十年も悩み続け、親戚・知人から気遣われる毎日

それらの保険として考えたら安いものである。(むろん、かならず事故を防げるというものではないが)

2　実運用

当方はエアタグを最終的に8個購入した。まず、父が普段履く靴が2足あったので、そちらに取り付けた。

当時はエアタグの位置情報を複数人で共有ができなかったため、父と同居している母のiPadに2個を割り当てた。もう2個は、近所に住んでいる私のiPhoneに割り当てた。

（現在ではエアタグの位置情報は複数人で共有できるため、個数は削減できる）

靴は形状によるが、靴内部のクッション（土踏まずの場所あたり）に埋め込むか、同色のガムテープで表面に張り付けるか、である。ほかのエアタグは、本人の財布や携帯電話に割り当てた。

本命はGPSである。足跡、通知、「他人とすれちがわなくても大丈夫」という仕様を考えると、GPSが主で、エアタグは補佐である。GPSはエアタグと比べるとサイズが若干大きいため、首から下げさせておく、ベルトに装着するなど取り付け方法に工夫が必要である。無論、本人がいつのまにか外してしまう場合もあるし、あらかじめ説明していても忘れてしまえば当然意味はない。

なお、接すればわかるが認知症の高齢者は驚くほど長距離を歩行する場合がある。「高齢者は体力がないから、たいした距離は歩けない」と無責任に論じる者も多いが、当方の例では父親の記録は3万8000歩であった。富士山の5合目から山頂まで往復できる歩数である（※あくまで歩数）。東京で行方不明の方が福島県で発見された例もある。健常者であれば、（これだけ歩いたのだから）「疲れた」「明日筋肉痛になる」「足裏が痛くなってきた」など音を上げるところ、認知症だと「状況からのフィードバックが脳に伝わらない」「痛みを感じづらい」「喉の渇きを感じづらい」などの影響があるためと思われる。

追跡に自動車が使えるのであればなんとかなるが、そうでない状況もある。そのため、我が家では電動アシスト自転車も導入した。捜索依頼を受けた妻が街中で追いかけるためである。位置情報を把握した後は追跡方法も準備する必要がある。

また、後日知ったことではあるが、「どうにも自力で探しに行けない」方には、大手警備会社のALSOKが提供する「まもるっく」という見守りサービスもある。GPSで位置を確認できるほか、通話も可能、緊急時にはガードマンが現場へ駆けつけるサービス（※別途依頼に基づき有償にて対応）もあるとのことだ。実際に私の実家では、私や妻が追跡に対応できない際に母が警察に依頼することが幾度かあった。認知症に理解のある警察官の場合は優しく対応して頂けたが、そうでない場合は「今年に入って○回目ですよ！　いい加減にしてください！」などと怒られたこともあるそうだ。なお、「外からカギをかければいいじゃないですか」については、刑法第220条「監禁の罪」の構成要件ですけどイイですか、と反論したくもなるがそうもいかず、どうしても平身低頭にならざるを得ない。

ついては、ALSOKのサービスはもちろんそれなりの料金はかかるが、必要であれば検討する価値は大いにあるように思う。

最後に、べたな説明だけではひねくれ者の私っぽくないので一つエピソードを伝えて終わりにしたい。

ある夜……午前２時頃に父は実家を出て行った。依頼を受けた私は、一旦実家で母に面会し、現在地をiPadでモニターしながらしばらくひとり歩きをさせることにした（その間にいろいろと打ち合わせ）。

そろそろ、と思い車を走らせる。ある繁華街近くの路上にいることはわかっていた。

午前４時、ほぼ誰もいない大通りの歩道に、父は立っていた。その前に車を停め、助手席側の窓を開けた。

父は、とてもにこやかに助手席側の窓からこちらをのぞき込み、言った。

「ナガタです」

瞬時に思った。

「迎車のタクシーじゃねぇよ（怒）」

参考文献

渋谷申博　監修『イラストでわかる日本の神話とゆかりの神社』KADOKAWA、2019年
成田美友・湊屋一子　文、小迎裕美子　漫画『日本書紀を知りたい』枻出版社、2013年
歴史ミステリー研究会編『日本の名城99の謎』彩図社、2016年
国鉄監修 交通公社『時刻表』日本交通公社出版事務局、1986年3月
松江市歴史叢書
出雲観光協会ホームページ（https://izumo-kankou.gr.jp/）
山陰中央新報デジタル「山陰が『戦場』になった夏　～大山口・玉湯列車空襲、そして大社基地～」2021年8月11日、（https://www.sanin-chuo.co.jp/articles/-/77213）
松江市ホームページ
防衛省ホームページ「下関基地隊の沿革」（https://www.mod.go.jp/msdf/shimoki/shimokisyoukai/3-1_history.html）
国立国会図書館レファレンス共同データベース　島根郷2017-05-002

この旅行記は、家族・親戚に配布するために綴ったものに加筆し再編集したものです。

著者プロフィール

永田 ゲンゴロウ（ながた げんごろう）

東京都在住。
春日部東高校、東京電機大学工学部卒業、慶応義塾大学 法学部通信教育課程在籍。
アルバイト10か所、会社員を経て現在は自営業。
情報セキュリティスペシャリスト・宅建・FP2級ほか資格多数合格。
インコをこよなく愛する。趣味は車いじり。座右の銘は「下手の横好き」。

著者近影（画・妻）

認知症の父、故郷への旅 松江ドタバタ珍道中

2025年3月15日 初版第1刷発行

著　者 永田 ゲンゴロウ
発行者 瓜谷 綱延
発行所 株式会社文芸社
〒160-0022 東京都新宿区新宿1－10－1
電話 03-5369-3060（代表）
03-5369-2299（販売）

印刷所 株式会社フクイン

ISBN978-4-286-26306-9 JASRAC 出 2410266－401